인생노을

김형기 노래시집

인생노을

harmonybook

작가의 말

살다보면 누구나 희로애락을 겪게 된다.

그때 마음을 잡아주고 기분을 전환해 주는 것이 노래 음주 가무일 것이다 요즈음 유행하는 대중가요는 사랑 이별 그리움을 주제로 한 노래가 대부분이기 때문에 노래는 많은데 일상생활을 하면서 느끼는 감사인사 이웃돕기 운동경기 등 일상적인 노래는 상대적으로 적어 작가는 다양한 분위기에 어울리는 다양한 노랫말을 시적으로 묘사하여 가사에 곡조만 붙이면 바로 노래가 될 수 있도록 가사를 썼다.

아무쪼록 이 노랫말(노래 시)이 대중적인 사랑을 받아 오래 오래 전승되고 유행하기를 기원하면서 작가가 생각하는 노래의 의미를 적어본다.

노래는 영혼을 깨워주고 달래주는 별이고 마음을 채워주고 비춰주는 달과 같은 존재다 따라서 세월 따라 바람 타고 큰 별처럼 떠 대중적인 사랑을 받는가 하면 작은 별로 반짝 떴다가 지기도하고 감성 따라 분위기 타고 초승달처럼 애처로우면서 아름답게 가슴에 와 닿는가 하면 보름달처럼 밝고 우아하게 감명을 주기도 한다. 거기에 감미로운 목소리로 파고드는 가락으로 인생을 기쁘게 슬프게 멋있게 빛나게 응원한다.

차례

차례

노래

영혼을 깨워주고 달래주는 별

마음을 채워주고 비춰주는 달

세월 따라 바람 타고

큰 별 작은 별로 떴다가 지고

감성 따라 분위기 타고

초승달 보름달로 놀다가 간다.

가슴을 울리고 간다.

파고드는 목소리로

파고드는 가락으로

(신나게 멋있게)

네 인생을 응원한다.

내 인생을 응원한다.

영혼을 깨워주고 달래주는 별

마음을 채워주고 비춰주는 달

세월 따라 바람 타고

큰 별 작은 별로 떴다가 지고

감성 따라 분위기 타고

초승달 보름달로 놀다가 간다.

가슴을 울리고 간다.

감미로운 목소리로

감미로운 가락으로

(신나게 멋있게)

네 인생을 응원한다.

내 인생을 응원한다.

등산가

등산아!

땀방울이 내 강산을 넘어 간다

하늘고개 눈물고개 구름고개

하산아!

땀방울이 내 강산을 내려간다.

얼굴고개 마음고개 다리고개

머리에서 솟은 땀은 산이 되고

등짝에서 솟은 땀은 계곡 된다.

졸랑졸랑 줄렁줄렁 내려가요

졸랑졸랑 줄렁줄렁 내려가요

등산아!

땀방울이 내 강산을 넘어 간다

하늘고개 눈물고개 구름고개

하산아!

땀방울이 내 강산을 내려간다.

얼굴고개 마음고개 다리고개

이마에서 흐른 땀은 폭포 되고

온몸에서 흐른 땀은 내가 된다.

굽이굽이 도란도란 흘러가요

굽이굽이 도란도란 흘러가요

낳자

혼자 찬란히 떠 찬란하게 살아도

왠지 외로워, 손이 허전해

밤새 고고히 떠 고고하게 살아도

정이 그리워, 임이 그리워

밤과 낮이 만나 우리 결혼하자

해와 달이 만나 빛을 낳자

세상을 낳자, 아이를 낳자

우리의 빛이 아깝지 않은가

혼자 찬란히 떠 찬란하게 살아도

왠지 외로워, 손이 허전해

밤새 고고히 떠 고고하게 살아도

정이 그리워, 임이 그리워

밤과 낮이 만나 우리 결혼하자

해와 달이 만나 빛을 낳자

미래를 낳자, 국력을 낳자

우리의 얼굴이 아깝지 않은가

라면

대하기가 편해서 사랑하는 라면아

구수한 이야기를 풀어 놓으며

깊은 속정을 쏟아 부으며

배고픔을 달래주어 힘이 솟는다.

뱃속이 감동해 힘이 솟는다.

오늘도 고마운 나의 친구여

오늘도 고마운 나의 엄마여

부담 없이 맛있어 사랑하는 라면아

구수한 이야기를 풀어 놓으며

깊은 속정을 쏟아 부으며

배고픔을 달래주어 눈물이 난다

뱃속이 감동해 눈물이 난다

오늘도 든든한 나의 친구여

오늘도 든든한 나의 엄마여

결혼식 축가-부부산맥

언제보아도

기백이 메아리치는 기백산과

능선이 아름다운 봉우리가 만나

부부산맥이 되었다

오순도순 사랑하며 아우르며

줄기차게 뻗어가자

이상을 휘날리며 드높이며

하늘을 받들고 살자

서로를 받들고 살자

오늘도 해는 우리를 비추며

찬란히 떠오른다.

언제보아도

기백이 메아리치는 기백산과

능선이 아름다운 봉우리가 만나

부부산맥이 되었다

오순도순 사랑하며 아우르며

줄기차게 뻗어가자

이상을 휘날리며 드높이며

하늘을 받들고 살자

서로를 받들고 살자

오늘도 달은 우리 곁에서

휘영청 떠오른다.

인생노을

꽃구름 피고 노을 지던

황홀한 길은 한낱 꿈 이었나

아버지가 끌어주고 밀어주던

어머니가 마중 나와 기다리던

그 길을 따라가요

그 길을 걸어가요

나이를 감으면서 세월을 감으면서

덧없이 흘러가요

꽃구름 피고 노을 지던

황홀한 길은 한낱 꿈 이었나

아버지가 끄덕끄덕 걸어가던

어머니가 아즐아즐 걸어가던

그 길을 따라가요

그 길을 걸어가요

나이를 감으면서 세월을 감으면서

덧없이 흘러가요

영산홍

천국에 이름을 묻어 둔

소녀 인사드려요

저 두요, 저 두요

분홍아, 주황아!

니들이 세상을 밝혔다

누구는 넋을 잃고 꽃노을 지고

나는 그 속에서 그윽이 논다

고맙다, 눈부시게 고맙다

새파란 치마입고 떠나는 날

붉은 눈물 흘려줄게

붉은 눈물 흘려줄게

천국에 이름을 묻어 둔

영산홍 인사드려요

저 두요, 저 두요

분홍아, 주황아!

니들이 세상을 밝혔다

누구는 넋을 잃고 꽃노을 지고

나는 그 속에서 그윽이 논다

고맙다, 눈부시게 고맙다

새파란 치마입고 떠나는 날

붉은 눈물 흘려줄게

붉은 눈물 흘려줄게

부처님의 꽃

세상의 고통을 해탈하고

하얀 세상 밝혔노라

삼라만상 중생들이여!

환하게, 환하게 웃어라

마음 열고 참선하는

여승들의 얼굴을 보아라

깨달음의 미소가 흩날린다.

숨결 같은 진리가 흩날린다.

뿌려라 훨훨 날려라 훨훨

부처님의 꽃 열반의 꽃

세상의 고통을 해탈하고

자비로이 피었노라

삼라만상 중생들이여!

환하게, 환하게 웃어라

마음 열고 참선하는

여승들의 얼굴을 보아라

깨달음의 미소가 흩날린다.

숨결 같은 진리가 흩날린다.

뿌려라 훨훨 날려라 훨훨

부처님의 꽃 열반의 꽃

무궁화 꽃

꽃 속에 꽃이 피어 우러러 보이는

민족의 향기 무궁화 꽃

결은 숭고하고 맥은 장렬하다

멋은 단아하고 빛은 거룩하다

하양 분홍 보라 꽃 나팔 불며

애국가를 연주하라

애국가를 연주하라

꽃 속에 꽃이 피어 우러러 보이는

우리의 얼 우리나라 꽃

결은 숭고하고 맥은 장렬하다

멋은 단아하고 빛은 거룩하다

연보라 홍보라 청보라 송이송이 모여

태극기를 휘날려라

태극기를 휘날려라

불멸의 그리움

꽃잎이 피다진 자리에

그리움이 맺혔나

이미 진 꽃이 다시 피어

바람이 불어도 아리고

세월이 흘러도 가슴이 뛴다.

언제나 향기 품어주던

나의 영혼 나의 순정

왔다가 가고 피다가 지는 게

자연의 섭리지만

너는 소중한 꽃 이였나 보다

오늘도 설레는 영상 한 장

그윽이 머물다 간다.

아직도 여울져 떠오르는

나의 여인 나의 사랑

애물단지 나무

모양도 없는 것이

향기도 없는 것이

아카시아 탈을 쓰고

(부질없이) 눈물을 흘리는가.

나는 너를 보면 증오심이 피어

버리자니 세월이 울고

놔두자니 인생이 운다.

애물단지 나무여!

오늘도 속 모르는 새들은

주둥이 까불리며 희희낙락 염장을 지른다.

애물단지 나무여!

모양도 없는 것이

향기도 없는 것이

아카시아 탈을 쓰고

(부질없이) 눈물을 흘리는가.

나는 너를 보면 증오심이 피어

버리자니 세월이 울고

놔두자니 인생이 운다.

애물단지 나무여!

오늘도 속 모르는 새들은

허물을 까불리며 희희낙락 노래를 부른다.

애물단지 나무여!

꽃잎에게

나는 너를 보고

한 마리 벌이 되어

상상의 날개를 윙윙거렸다

촉각의 날개를 윙윙거렸다

사분사분 나부끼는

가녀린 꽃잎에 반해

새록새록 묻어나는

그윽한 향기에 취해

나는 너를 보고

한 마리 나비가 되어

상상의 날개를 너울거렸다

촉각의 날개를 너울거렸다

사분사분 나부끼는

가녀린 꽃잎에 반해

새록새록 묻어나는

그윽한 향기에 취해

까마귀들

악 악 악 악 까악

깃털 우아한 새가 나타났다

긴 날개 펴고 포효하라

우리는 윤나게 애교를 부려도

동정은 까맣게 날아가고

증오만 욕 나오게 몰려온다.

흉측한 얼굴로

기선을 제압하고(제압하고)

눈으로 번개치고

입으로 천둥쳐라(천둥쳐라)

발톱으로 활을 쏘고

부리로 총을 쏴라(총을 쏴라)

악 악 악 악 까악

검은 이상을 휘날리며

공중을 점령하라(점령하라)

악 악 악 악 까악

(본디 마음은 산골짜기

순박한 피가 흘러

거칠게 살아야 변방 하늘을 지킨다)

개구리와 달 울음축제

달이 뜬다. 달이 뜬다.

연못에 달이 뜬다.

개골피리 울며불며

울음축제 열어보자

사랑축제 열어보자

물속을 거닐며

천국을 거닐며

달을 안고 울어보자

밤도 울고 달도 울게

달도 울고 나도 울게 절절히

애애 절절히

달이 간다. 임이 간다.

우리임이 떠나간다.

연꽃양산 받쳐 들고

이별가를 불러주자

사랑가를 불러주자

청아한 목소리로

애타는 목소리로

하늘까지 배웅하자

밤도 울고 임도 울게

임도 울고 나도 울게 절절히

애애 절절히

아쉬운 후회

당신이 그 사람과

코만 닮았어도

나비가 앉았을 텐데

입만 닮았어도

꾀꼬리가 쳐다봤을 텐데

아쉬움이 동실동실 떠오고

후회가 둥실둥실 떠간다.

당신이 그 사람과

눈만 닮았어도

짠 눈물을 흘리지 않았을 텐데

귀만 닮았어도

이렇게 살지 않았을 텐데

아쉬움이 동실동실 떠오고

후회가 둥실둥실 떠간다.

스트레스 파도

구름이 검은 마음을 품고

바람을 불러내 화가 난다.

마음을 부수며 천둥 치자

마음을 부수며 파도치자

울분이 깨지도록

분노가 깨지도록 분연히

분연히

해가 구름을 치고 나와

마음이 진정이 된다.

가슴 활짝 열고 물 풍금 치며

물노래를 불러주자

울분이 가라앉도록

분노가 가라앉도록 고요히

고요히

버림받은 그릇

자자손손 목구멍을 달래주던

오랜 친구들은 어디 갔을까

술도 먹고 물도 먹고

추억을 따라주던 주전자가 그립다

장도 담고 정도 담고

맛을 담아주던 항아리가 그립다

시대에 버림받은 아버지의 그릇

시대에 버림받은 어머니의 그릇

자자손손 목구멍을 달래주던

오랜 친구들은 어디 갔을까

술도 먹고 물도 먹고

추억을 따라주던 주전자가 그립다

장도 담고 정도 담고

맛을 담아주던 항아리가 그립다

플라스틱에 버림받은 아버지의 그릇

플라스틱에 버림받은 어머니의 그릇

태양과 세상

여보세요, 태양!

구름이 바람을 몰고 와

산천초목이 떨고 있어요.

얼굴을 보여주세요.

알았어요, 세상!

의기양양하게 떠올라

열렬히 사랑하다

당신 곁에서

황홀하게 잠들 게요

여보세요, 태양!

구름이 비를 몰고 와

산천초목이 울고 있어요.

얼굴을 보여주세요.

알았어요, 세상!

눈부시게 떠올라

뜨겁게 사랑하다

당신 곁에서

황홀하게 잠들 게요

세월을 붙잡고 살자

오늘도 아침을 연 해는 석양빛으로 물들어가고

밤을 품은 달은 내일로 깊어간다

불러도 무심한 세월, 조금씩 기우는 인생

구름처럼 당당히 떠 하늘을 붙잡고 살자

구름처럼 멋있게 떠 세월을 붙잡고 살자

오늘도 아침을 연 해는 석양빛으로 물들어가고

밤을 품은 달은 내일로 깊어간다

뭐가 불만 인가요 세월, 뭐가 급한 가요 인생

구름처럼 당당히 떠 하늘을 붙잡고 살자

구름처럼 멋있게 떠 세월을 붙잡고 살자

별에게

언제보아도 산뜻한 생각

누가보아도 거룩한 마음

네가 보낸 청사진

네가 보낸 메시지

세상이 아름답게 보았다

나도 눈물 나게 보았다

세상의 빛이여 눈동자여

나의 빛이여 눈동자여

언제보아도 산뜻한 생각

누가보아도 거룩한 마음

네가 보낸 청사진

네가 보낸 메시지

세상이 아름답게 보았다

나도 눈물 나게 보았다

하늘의 등불이여 눈동자여

나의 등불이여 눈동자여

보름달

바라만 보아도 그리움 피는 어머니

그동안 속 못 차리고 방황하던 초승달이

이제 원 모습으로 돌아왔어요.

가장 멋있는 보름달로

가장 멋있는 최고의 딸로

생각만 해도 조용히 떠오르는 어머니

하는 일마다 초라한 변명을 하던 철부지가

이제 인생을 제대로 터득했어요.

그동안 부족한 초승달이

그동안 부족한 아들이

막걸리

분위기 띄우며 희로애락을 같이한

막걸리 왔는가.

맛이 동동 뜬다. 기분이 동동 뜬다.

인생사 이야기를 따르며

인생사 이야기를 마시며

정을 나눠보자

너도 동동 나도 동동, 너도 한잔 나도 한잔

부담 없이 (먹고) 즐기는

통 큰 친구 왔는가.

멋이 동동 뜬다. 추억이 동동 뜬다.

세상사 이야기를 따르며

세상사 이야기를 마시며

풍류를 즐겨보자

너도 동동 나도 동동, 너도 한잔 나도 한잔

아버지 강 어머니 강

아버지 강 굽이굽이 정이 자라고

꿈이 물결치는 나의 고향

세상을 보듬어주고 토닥여준

내 인생의 시발점 나의 강물

오늘도 굽이치는 영상 한 장

출렁출렁 흘러간다.

어머니 강 굽이굽이 정이 자라고

추억이 물결치는 나의 고향

세상을 보듬어주고 토닥여준

내 인생의 시발점 나의 강물

오늘도 반짝이는 영상 한 장

너울너울 흘러간다.

청춘

지금이 일생에 최고 봄날이요

쓰러져도 부러져도 눈에 꽃불 키고

나를 키우시오(나를 키우시오)

살다보면, 살다보면

자리 잡혀요. 열매 맺혀요.

동실동실 어글어글, 둥실둥실 어글어글

지금이 일생에 최고 좋은 때요

쓰러져도 부러져도 눈에 꽃불 키고

나를 키우시오(나를 키우시오)

살다보면, 살다보면

익어가요. 달이 떠요.

동실동실 어글어글, 둥실둥실 어글어글

배추

세상에 버림받고 속 못 차리는

여인을 사랑하려면 어찌 합니까

하늘이여 땅이여 바람이여

하늘이여 땅이여 슬픔이여

두 손을 잡고 꼭 껴안아 주세요.

부둥켜안고 기도해 주세요.

고상한 생각이 들도록

고상한 마음이 들도록

세상에 버림받고 속 못 차리는

여인을 사랑하려면 어찌 합니까

하늘이여 땅이여 바람이여

하늘이여 땅이여 슬픔이여

두 손을 잡고 꼭 껴안아 주세요.

부둥켜안고 사랑해 주세요.

노랗게 속이 차도록

연하게 속이 차도록

무

대가리 용감한 청청머리에

야성미 넘치는 다부진 모습

나는 너를 보면, 너를 보면

힘이 의기양양하게 샘솟아

미사일을 쏜다. 우주를 쏜다.

발사, 발사 미사일이상무

발사, 발사 우주이상무

대가리 용감한 청청머리에

자연미 넘치는 해맑은 얼굴

나는 너를 보면, 너를 보면

마음이 생기발랄하게 샘솟아

활력을 쏜다. 건강을 쏜다.

발사, 발사 활력이상무

발사, 발사 건강이상무

감

한동안 무식하다고 무시해서

떫은 표정 짓고 설움 달고 살았지

마음 감추고 살았지

요즘은 감탄을 연발하며 찾아와

세월 흐를수록 품격 있다고

세월 흐를수록 감칠맛난다고

한동안 못생겼다고 무시해서

떫은 표정 짓고 설움 달고 살았지

얼굴 가리고 살았지

요즘은 칭찬을 연발하며 알아줘

세월 흐를수록 정감 있다고

세월 흐를수록 멋있다고

재래시장

애환아! 눈을 돌려라

싼 거 비싼 거

실한 거 참한 거 가득하다

세월아! 뚝배기 왔다

세월 먹은 국밥 배터지게 말아라.

탁주야! 막걸리 한 사발 구성지게 넘어간다.

보따리 풀어라

장보따리 짐 보따리 인생보따리

장보따리 짐 보따리 인생보따리

애환아! 통밥을 굴려라

오는 사람 가는 사람

우는 사람 웃는 사람 가득하다

세월아! 장돌뱅이 왔다

사는 맛 듬뿍 담아 넘치게 줘라

탁주야! 풍류 한 사발 구성지게 넘어간다.

한 가락 뽑아라.

노랫가락 눈물가락 인생가락

노랫가락 눈물가락 인생가락

인생마라톤

달려라 뛰어라 하늘 끝까지

달려라 뛰어라 인생 끝까지

시간을 쪼개먹고

고통을 쪼개먹고

머나먼 이정표를 달려라

집념을 살라먹고

투혼을 살라먹고

족적의 발자취를 남겨라

마지막 심장이 뛰는 순간까지

혼을 태우고 나를 태우며

나를 태우고 혼을 태우며

달려라 뛰어라 하늘 끝까지

달려라 뛰어라 인생 끝까지

바람을 재우면서

꿈을 키우면서

머나먼 이정표를 달려라

집념을 살라먹고

투혼을 살라먹고

족적의 발자취를 남겨라

마지막 심장이 뛰는 순간까지

혼을 태우고 나를 태우며

나를 태우고 혼을 태우며

고양이 설문조사

세상은 들 고양이를 어떻게 생각하세요.

글쎄요, 동네를 배회하는 건달은

친구니까 야옹야옹

비렁뱅이는 동생이니까 야옹야옹

고양이가 그걸 듣고 신이 나서

별처럼 인사하네요. 호호 흐흐 야옹야옹

세상은 들 고양이를 어떻게 생각하세요.

도둑놈은 최고수 스승이니까 야옹야옹

청소부는 죽이고 싶지만

꼴이 불쌍해서 가슴이 찢어져도 아으 야옹

고양이가 그걸 듣고 신이 나서

별처럼 인사하네요. 호호 흐흐 야옹야옹

술병

어젯밤 네 말 안 듣고 폭음했더니

얼굴 터지고 마음 터지고 속이 터졌구나.

꿀 주고 약을 줘도 구역질만 응사하고

식은땀만 폭발하는구나.

미안하다, 미안하다

내 뱃속이여 내 안식구여

어젯밤 네 말 안 듣고 폭음했더니

얼굴 터지고 마음 터지고 속이 터졌구나.

속도 모르는 한심한 사람이라고

쓰디쓴 답장만 보내는구나.

후회 한다 맹세 한다

내 뱃속이여 내 안 식구여

하고많은 직함

육군소장, 해군소장, 공군소장

연구소장 관리소장 소개소장…

이 소장!

저요?

저요?

저요?

아니요, 저 소장

당신 덕분에 별 달았어요.

당신 때문에 얼굴 뜨거워요.

육군소장, 해군소장, 공군소장

연구소장 관리소장 소개소장…

이 소장!

저요?

저요?

저요?

아니요, 저 소장

당신 덕분에 세상 좋아졌어요.

당신 때문에 신세 망쳤어요.

일장춘몽

어제는 이팔청춘 만고강산

오늘은 백전노장 추풍낙엽

일장춘몽이요 남가일몽이요

덧없어라 무상해라

(덧없어라 허무해라)

바닥에 뒹구는 세월이여

흐르는 눈물이여 인생이여!

어제는 청춘별곡 청산별곡

오늘은 황혼별곡 이별별곡

일장춘몽이요 남가일몽이요

덧없어라 무상해라

(덧없어라 허무해라)

바닥에 뒹구는 세월이여

흐르는 눈물이여 인생이여!

배구

올려라 때려라 배구공아

올려라 때려라 배구공아

천당에서 지옥으로

지옥에서 천당으로

날려라 때려라 배구공아

날려라 때려라 배구공아

하늘에서 천둥치듯이

하늘에서 벼락 치듯이

날려라 때려라 배구공아

날려라 때려라 배구공아

땀방울이 열광하도록

손바닥이 열광하도록

날려라 때려라 배구공아

날려라 때려라 배구공아

지구가 흔들리도록

지구가 무너지도록

축구

달려라 뛰어라 축구공아

달려라 뛰어라 축구공아

공간을 넘어 공간으로

순간을 넘어 순간으로

날려라 꽂혀라 축구공아

날려라 꽂혀라 축구공아

공이 춤을 추며 (번뇌에서)해탈하여

해가 뜨도록

달려라 재워라 축구공아

달려라 재워라 축구공아

공이 제 발에 걸려 넘어지도록

공이 제풀에 꺾여 빗나가도록

날려라 꽂혀라 축구공아

날려라 꽂혀라 축구공아

공이 춤을 추며 (번뇌에서)해탈하여

달이 뜨도록

농구

공아, 공아

동 동 동 춤을 추며 널뛰고 놀자

너도 한 번 나도 한 번

하늘 높이 날아 풍덩 빠지고 싶다

네별 내별 자꾸만 가까워지게

네별 내별 자꾸만 멀어지게

농구야, 농구야

얼굴 맞대고 그네를 타자

너도 한 번 나도 한 번

하늘 높이 날아 풍덩 빠지고 싶다

네별 내별 자꾸만 가까워지게

네별 내별 자꾸만 멀어지게

야구

던져라 때려라 야구공아

던져라 때려라 야구공아

너도 살고 나도 살도록

너도 뜨고 나도 뜨도록

날려라 때려라 야구공아

날려라 때려라 야구공아

안타가 터지도록

홈런이 터지도록

날려라 때려라 야구공아

날려라 때려라 야구공아

지략이 터지도록

눈물이 터지도록

날려라 때려라 야구공아

날려라 때려라 야구공아

방망이가 부러지도록

야구공이 열광하도록

씨름

들어 차차, 밀어 차차

황소가 들어온다.

빗장 풀고 샅바 당겨

문을 열어라(열어라)

기교와 해학으로 황소바람을 일으켜

흥을 감아 돌려라(돌려라)

천하를 들어 올려라(올려라)

땀방울이 열광하도록

모래판이 뒤집히도록

들어 차차, 밀어 차차

들배지기 들어온다.

중심잡고 샅바 당겨

호미를 걸어라(걸어라)

기교와 해학으로 모래바람을 일으켜

힘을 감아 돌려라(돌려라)

모래판을 들어 올려라(올려라)

땀방울이 열광하도록

모래판이 뒤집히도록

등나무할머니

등나무 같은 손으로

그늘진 꽃송이 안고

한 발 한 발 더듬으며

한 땀 한 땀 보듬으며

집 안을 가꿔가요

세상을 헤쳐가요

붉은 달 저녁노을 우리 할머니

붉은 달 저녁노을 고추잠자리

뼛속에 가련히 남은

아린애정 하나로

한 발 한 발 더듬으며

한 땀 한 땀 보듬으며

손자를 보살펴요

손녀를 보살펴요

붉은 달 저녁노을 우리 할머니

붉은 달 저녁노을 고추잠자리

형제자매

이름은 달라도 한 줄기

한 몸으로 붙어서 컸지

내 옷이 네 옷 되고

네 맘이 내 맘 되어

한통으로 살았지

그 속에서 철이 들고

그리움 피며 정 들었지

끈끈한 가족사를 쓰면서

끈끈한 눈물시를 쓰면서

아버지를 닮아갔지

어머니를 닮아갔지

이름은 달라도 한 줄기

한 몸으로 붙어서 컸지

내 옷이 네 옷 되고

네 맘이 내 맘 되어

한통으로 살았지

그 속에서 철이 들고

그리움 피며 정 들었지

끈끈한 가족사를 쓰면서

끈끈한 눈물시를 쓰면서

인생은 흘러간다.

세월은 흘러간다.

구름친구

여보 게 구름

무거운 생각 그만하고 해 좀 오게 하게나

여보 게 친구

숨바꼭질 그만하고 달 좀 오게 하게나

너와 나는

게가 있어야 빛이 나고 기분이 떠

너와 나는

게가 있어야 술맛 나고 분위기 떠

세상만사 근심걱정 날려버리고 멋있게 놀자

멋있게 살자

여보 게 구름

무거운 생각 그만하고 해 좀 오게 하게나

여보 게 친구

숨바꼭질 그만하고 달 좀 오게 하게나

너와 나는

게가 있어야 빛이 나고 기분이 떠

너와 나는

게가 있어야 술맛 나고 분위기 떠

세상만사 근심걱정 날려버리고 새파랗게 놀자

새파랗게 살자

해몽

간밤에 세상이 불타

보금자리가 죽음자리가 되고

해가 달이 되어

전전긍긍하고 있었소.

전전긍긍하고 있었소.

놀란 개구리처럼 헐떡거리며

하늘만 보고 있었소.

일장춘몽이기 다행이오.

사람의 운명은 바람 앞에 등불 같아

언제 꺼질지 모르오.

까불지 말고 조심하시오

까불지 말고 조심하시오

벼락은 신분증을 안 봅니다

벼락은 얼굴을 안 봅니다

기분파

너와 나는

마음과 마음이 통해 기분이 동동 뜨고

멋과 맛이 통해 술이 동동 뜬다.

인생이 동동 뜬다.

바람아 배 저어라 노 저어라

부질없는 욕심 버리고

바람 부는 대로 가자

바람 부는 대로 살자

너와 나는

마음과 마음이 통해 기분이 동동 뜨고

멋과 맛이 통해 술이 동동 뜬다.

인생이 동동 뜬다.

구름아 배 저어라 노 저어라

부질없는 생각 버리고

구름 가는 대로 가자

구름 가는 대로 살자

나의 신발 나의 연인

내 일생 밀어주고 끌어주는

무던한 친구 나의 신발

둘이 있어야 편한

불굴의 단짝 나의 연인

네가 받쳐주어 세상이 아름답고

삶이 행복했다 족적의 그림자여

족적의 동반자여!

내 일생 같이 웃고 같이 울던

애틋한 친구 나의 신발

같이 있어야 어울리는

필생의 단짝 나의 연인

네가 받쳐주어 세상이 살맛나고

인생이 빛이 났다 족적의 그림자여

족적의 동반자여!

이웃돕기

푸른 하늘 높은 마음

당신이 하느님이요

넓은 바다 깊은 마음

당신이 부처님이요

둥근 보름달로 둥근 마음으로

휘영청, 휘영청 종을 쳐 주세요

휘영청, 휘영청 종을 쳐 주세요

어두운 골목에 빛이 깔리도록

그늘진 세상에 빛이 스미도록

푸른 하늘 높은 마음

당신이 하느님이요

넓은 바다 깊은 마음

당신이 부처님이요

둥근 보름달로 둥근 마음으로

휘영청, 휘영청 종을 쳐 주세요

휘영청, 휘영청 종을 쳐 주세요

어두운 골목에 은총이 깔리도록

그늘진 세상에 자비가 스미도록

고마운 사람

마음이 둥글둥글해서

빵이 생각나는 사람

생각이 쫀득쫀득해서

떡이 생각나는 사람

고마워서 하늘이 만든

보름달을 드립니다.

감동해서 하늘이 주신

무지개를 드립니다.

손을 따뜻이 잡아주고 싶은 동생이

마음을 어루만져주고 싶은 오빠가

마음이 둥글둥글해서

빵이 생각나는 사람

생각이 쫀득쫀득해서

떡이 생각나는 사람

고마워서 하늘이 만든

보름달을 드립니다.

감동해서 하늘이 주신

무지개를 드립니다.

손을 따뜻이 잡아주고 싶은 여러분이

마음을 어루만져주고 싶은 대한민국이

경비원의 노래

오늘도 터덜터덜 왔다가

빈 하늘을 보며 밤이슬만 먹고 가요

시계처럼 기계처럼 시간을 굴리며

세월만 먹고 가요

때로는 마음이 찢어져 울어도

부정은 쓸어버리고 긍정만 모시고 가요

다람쥐 쳇바퀴 돌 듯 아련히

오늘도 또박또박 왔다가

하루를 묻고 새벽을 깨우고 가요

시계처럼 기계처럼 시간을 굴리며

세월만 먹고 가요

때로는 마음이 찢어져 울어도

부정은 쓸어버리고 긍정만 모시고 가요

다람쥐 쳇바퀴 돌 듯 아련히

일꾼의 노래

땀방울이 하루를 곤곤히 때려도

마음에 달뜨고 별이 뜨면

힘도 나고 아름차지

신도 나고 보람차지

목은 타고 숨은 조여도

밥그릇은 빛이 나지

밥그릇은 빛이 나지

땀방울이 하루를 힘들게 하여도

즐겁게 일하고 즐겁게 생각하면

힘도 나고 아름차지

신도 나고 보람차지

세월 울고 인생 울어도

너도 뜨고 나도 뜨지

너도 살고 나도 살지

하얀 나라 하얀 세상

눈과 눈이 만나

하얀 나라 눈부시게 세웠노라

구태는 바로바로 묻어버리고

혁신만 소복소복 쌓았노라

길도 새롭게 바꿔버리고

이정표도 하얀 길로 바꿨노라

세상도 눈물 나게 반겼노라

나도 눈물 나게 반겼노라

숨결같이, 숨결같이

눈과 눈이 만나

하얀 세상 눈부시게 세웠노라

구태는 바로바로 묻어버리고

혁신만 소복소복 쌓았노라

길도 새롭게 바꿔버리고

이정표도 하얀 길로 바꿨노라

세상도 눈물 나게 반겼노라

나도 눈물 나게 반겼노라

숨결같이, 숨결같이

오빠호칭

오빠, 오빠라고 부르면

꽃이 피고 달이 뜨지

오빠, 오빠라고 들으면

향기가 나고 별이 뜨지

우리 우리는 정감이 쌓이고

하늘이 열려 마음에 무지개 뜬다.

별처럼 달처럼 서로가 빛나며

그윽이 사랑하자 멋있게 사랑하자

오빠, 오빠라고 부르면

꽃이 피고 정이 들지

오빠, 오빠라고 들으면

향기가 나고 기분이 뜨지

우리 우리는 정감이 쌓이고

하늘이 열려 마음에 무지개 뜬다.

별처럼 달처럼 서로가 빛나며

그윽이 사랑하자 멋있게 사랑하자

자아실현 담쟁이

한 곳에 몸담고

한 단계 한 단계 오르다보면

별이 보이려니 줄기차게 뻗어가자

처음은 아득해도 세월 먹고 살다보면

남들이 우러러보려니 줄기차게 정진하자

(줄기차게 노력하자)

당신 곁에도 그렇게 오른 담쟁이가

주름잡고 있잖아

한 곳에 터 잡고

한 걸음 한 걸음 오르다보면

달이 보이려니 줄기차게 뻗어가자

처음은 힘들어도 붙임성 있게 살다보면

남들이 우러러보려니 줄기차게 정진하자

(줄기차게 노력하자)

당신 곁에도 그렇게 오른 담쟁이가

주름잡고 있잖아

나이트클럽

(와, 와, 와, 와

천지개벽 리듬소리

천지개벽 천둥소리

천둥소리 리듬소리)

지구가 흔들려(흔들려)

별이 떨어진다.

달이 떨어진다.

구름이 꽃송이 되어

(하늘하늘) 떨어진다.

달을 안고 춤을 추자

별에 안겨 반짝이자

우주는 우리 것

너도 나도 붕붕 떠서

젊음을 비비대며(비비대며)

황홀하게 놀아보자

정열을 불태우며(불태우며)

나발을 불자 나발을 불자

(네가 미치고 내가 미치도록

내가 미치고 네가 미치도록)

작별 인사

마음아! 내가 손을 흔들어 준 바람 속에는

안녕도 있다

번뇌도 있다

사랑도 있다

바람아! 내가 손을 받아 준 마음속에는

아쉬움도 있다

그리움도 있다

눈물도 있다

그동안 애정이 그윽이 고여

그동안 못 다한 미련이 남아

마음아! 내가 손을 흔들어 준 바람 속에는

안녕도 있다

번뇌도 있다

사랑도 있다

바람아! 내가 손을 받아 준 마음속에는

기다림도 있다

설레임도 있다

기대도 있다

그동안 애정이 그윽이 고여

그동안 못 다한 미련이 남아

생일축가

세상이 보고파 세상을 깨우던

그날을 기리며

빛 주고 축복하며 해가 축하 합니다

빛 주고 정 나누며 달이 축하 합니다

얼굴을 보듬으며 세월이 축하 합니다

사랑해요 고마워요

(아버지 생일, 어머니 생일, 친구 생일

아들 생일, 우리 딸 생일 등등 선택반복)

세상이 보고파 엄마를 깨우던

감격을 기리며

빛 주고 축복하며 해가 축하 합니다

빛 주고 정 나누며 달이 축하 합니다

얼굴을 보듬으며 세월이 축하 합니다

사랑해요 고마워요

(아버지 생일, 어머니 생일, 친구 생일

아들 생일, 우리 딸 생일 등등 선택반복)

감사인사

당신의 큰 달 가슴에 안고

감사히 살았어요.

둥글게 살았어요.

때로는 뭉그러져 초라해도

멋은 잃지 않았어요.

때로는 뭉그러져 어두워도

빛은 잃지 않았어요.

오늘도 그 후광으로 높이 떠서

당신을 보고 있어요.

오늘도 그 은덕으로 아름답게 떠서

당신을 비추고 있어요.

당신의 큰 달 가슴에 안고

고고히 살았어요.

둥글게 살았어요.

때로는 뭉그러져 초라해도

멋은 잃지 않았어요.

때로는 뭉그러져 어두워도

빛은 잃지 않았어요.

오늘도 그 후광으로 높이 떠서

당신을 보고 있어요.

오늘도 그 은덕으로 아름답게 떠서

당신을 비추고 있어요.

회식

여러분! 수고했어요.

일 보따리는 곱씹어 드시고

웃음보따리만 가지고 가십시오.

술 부장은 신명나게 북을 치고

꽃 팀장은 화기애애하게 맞장구 치고

직원들은 허심탄회하게 꽹과리를 치십시오.

나는 배터지게 징을 치겠습니다.

여러분! 고생했어요.

일 보따리는 술잔에 던져버리고

웃음보따리만 가지고 가십시오.

술 부장은 신명나게 북을 치고

꽃 팀장은 화기애애하게 맞장구 치고

직원들은 허심탄회하게 꽹과리를 치십시오.

나는 배터지게 징을 치겠습니다.

서민술집

양재기와 주전자가 만나

정을 나누며 술을 따른다.

맛이 통하고 멋이 통해

푸짐하게 취해서 큰소리 한번 치고

인생을 따른다. 인생을 마신다.

부담 없이 취해서 기지개 한번 피고

내일을 따른다. 내일을 마신다.

양재기와 주전자가 앉아

추억 나누며 술을 따른다.

마음이 통하고 술이 통해

푸짐하게 취해서 큰소리 한번 치고

인생을 따른다. 인생을 마신다.

부담 없이 취해서 기지개 한번 피고

내일을 따른다. 내일을 마신다.

공원의 부탁

언제든 달을 마음껏 껴안고

사랑하세요.

누구든 해와 정담을 나누며

푸르게 가꾸세요.

바람과 소통하며 하늘과 교감하며

살랑거리세요.

가실 땐 꽃잎 새뜻이 물들은

영상 한 장 얼굴에 그려주세요

얼굴에 그려주세요 나처럼

언제든 달을 마음껏 껴안고

사랑하세요.

누구든 해와 정담을 나누며

푸르게 가꾸세요.

바람과 소통하며 하늘과 교감하며

살랑거리세요.

가실 땐 꽃잎 새록새록 물들은

감상문 한 장 마음에 써주세요

마음에 써주세요 나처럼

가족의 피리소리

속은 텅 비었지만 울림은 애틋하다

너는 아들로 딸로 화음을 맞추고

나는 아버지로 엄마로 빈 구멍을 메우며

피리를 불어보자 마음을 불어보자

서로가 잘되라고 잘 살라고

그윽이 불어보자

속은 텅 비었지만 울림은 애틋하다

너는 아들로 딸로 입을 모으고

나는 아버지로 엄마로 손을 모아

피리를 불어보자 마음을 불어보자

서로가 잘되라고 잘 살라고

힘주어 불어보자

야생화

달빛 먹고 별빛 보며

향기품은 나의 영혼

나울나울 다가서며

살랑대는 나의 여인

약하면서 강한 당신

강하면서 선한 당신

언제보아도 내 눈을 빛나게 하고

내 마음에 별이 뜬다.

언제보아도 내 가슴을 뛰게 하고

내 마음에 달이 뜬다.

달빛 먹고 별빛 보며

향기품은 나의 순정

나울나울 다가서며

살랑대는 나의 여인

약하면서 강한 당신

강하면서 선한 당신

언제보아도 내 눈을 빛나게 하고

내 마음에 별이 뜬다.

언제보아도 내 가슴을 뛰게 하고

내 마음에 달이 뜬다.

김형기 노래시집

인생노을

초판 1쇄　2024년 1월 15일
지 은 이　김형기
펴 낸 곳　하모니북

출판등록　2018년 5월 2일 제 2018-0000-68호
이 메 일　harmony.book1@gmail.com
홈페이지　harmonybook.imweb.me
인스타그램　instagram.com/harmony_book_
전화번호　02-2671-5663
팩　　스　02-2671-5662

979-11-6747-143-7 03810
ⓒ 김형기, 2024, Printed in Korea